GUERRA
DE NINGUÉM

GUERRA DE NINGUÉM

contos

SIDNEY ROCHA

ILUMINURAS

Copyright © 2016 desta edição
Editora Iluminuras Ltda.

Foto da capa
Fotógrafo desconhecido.
Crianças brincam ao lado de um cavalo morto
na Cobblestone street. Nova Iorque. Circa 1900.

Foto da capa e da página 109
Anny Stone

Revisão
Renata Nascimento / Editora Iluminuras

Projeto gráfico
Sidney Rocha

(Este livro segue as novas regras
do Acordo Ortográfico da Língua Portuguesa.)

CIP-BRASIL. CATALOGAÇÃO-NA-FONTE
SINDICATO NACIONAL DE EDITORES DE LIVROS, RJ

R576g

Rocha, Sidney
    Guerra de ninguém : contos / Sidney Rocha. - 1. ed. - São Paulo : Iluminuras, 2016. ; 23 cm.

    ISBN 978-85-7321-542-7

    1. Conto brasileiro. I. Título.

16-37232   CDD: 869.3
             CDU: 821.134.3(81)-3

2016
EDITORA ILUMINURAS LTDA.
Rua Inácio Pereira da Rocha, 389 - 05432-011 - São Paulo - SP - Brasil
Tel./Fax: 11 3031-6161
iluminuras@iluminuras.com.br
www.iluminuras.com.br

Para Mário Hélio, Marcelo Pérez e Samuel Leon

Sumário

Guerra de todos
    Zuleide Duarte, 13

Guerra de ninguém

Clara e Carmelita, 21
Os Nehemy, 29
A senhora Kinsley, 47
A lenda, 49
Os três exércitos, 54
De volta para casa, 59
O menino de Bombaim, 61
O oceano absoluto, 64
O soldado inválido da Casa Louca, 67
Epitáfio, 69
Um dia duro, 72
Os dois poetas, 74
Joaseiro, 77

Ordem do dia, 79
René, 81
Pele, 84
A alva, 87
A beautiful negro lady, 90
O bonito e o feio, 93
O rapto de Felícia, 96
O bailarino, 100
A mãe de seu menino, 102

Morrer, como saber? Mas viver dói.
 Lourival Holanda, 105

Sobre o autor, 111

Guerra de todos

Zuleide Duarte
UNIVERSIDADE ESTADUAL DA PARAÍBA

Dizer desta Guerra de Ninguém *de Sidney Rocha é dizer da nova e surpreendente natureza dos textos ali incluídos. Não ousaria "apresentar" os contos porque prescindem de apresentação. Desde* Matriuska *e* O destino das Metáforas, *a escrita de Sidney fala por si. Com* Fernanflor, *a literatura por ele produzida confirmou lugar definitivo no nada generoso cenário da literatura brasileira. Se encareço a exiguidade do espaço é por assistir ao desfile quase ininterrupto de muitos textos para pouca literatura.*

Os contos dessa guerra refletem a independência formal e estética norteadoras de inventiva que desconhece fronteiras espaciais e temporais, alinhando o século XVI ao XXI, Europa, Índia e Brasil. Nesses textos encontram-se figuras icônicas das lutas americanas como Sandino, Zapata e Guevara, estadista como Lincoln, líder religioso, Gandhi, o mártir, Frei do Amor Divino.

Não fica por aí a galeria: poetas como Sidney Keyes, Pablo Rocka, Georg Trakl, o bailarino Nijinsky, encenam batalhas pessoais, nesse painel onde a morte e a vida se digladiam, enquanto aguardam o confronto final, a Samarcanda de cada um. A maior peleja, entretanto, não é pela vida contra a morte, pelo sucesso, amor ou liberdade. Não é e acaba sendo. A luta renhida, sem trégua, é com a palavra, matéria-prima do criador. A busca da expressão justa, o escamoteamento da mesmice, do lugar-comum, das "fórmulas" gastas e nem por isso menos utilizadas, são os adamastores que impedem a travessia do óbvio, do medíocre, para o mar aberto das infinitas possibilidades narrativas.

Trabalho árduo, às vezes vão, como disse o poeta Carlos Drummond no poema " O Lutador"; difícil para defender a vida, como disse João Cabral ("É difícil defender só com palavras a vida"), mas de "estranha potência", como enfatizou Cecília Meireles.

Seduzido por essa força estranha, pela gana de defender, com palavras, a vida, o autor, para quem literatura e vida se confundem, rejeita rotas estáveis para lançar-se ao mar aberto da escrita independente, criativa e instigante que convida o leitor a buscar elementos sinalizados no texto fora dele, tornando a leitura uma experiência desafiadora e produtiva, ampliando as expectativas de visão do mundo. Escrita livre, expressão medida, artesania da palavra.

Dialogando com criadores que alicerçam formação intelectual e humana, com os quais compartilha a danação da arte, Sidney Rocha convida ao engajamento nesta guerra, cuja recompensa é a fruição da boa literatura, "locus amoenus" no deserto da escrita apressada.

"(...) Nunca em minha vida 'amei' a nenhum povo ou coletividade, nem ao povo alemão, nem ao francês, nem ao norte-americano, nem à classe operária, nem a nada semelhante. Com efeito, só 'amo' aos meus amigos e o único gênero de amor que conheço e no qual creio é o amor às pessoas."

"O mal não é nunca 'radical', só é extremo, e carece de toda profundidade e de qualquer dimensão demoníaca. Pode crescer desmesuradamente e reduzir todo o mundo a escombros precisamente porque se estende como um fungo pela superfície. É um 'desafio ao pensamento', como disse, porque o pensamento trata de alcançar uma certa profundidade, ir às raízes e, nesse mesmo momento em que se ocupa do mal, se sente decepcionado, porque não encontra nada. Essa e a 'banalidade'. Só o bem tem profundidade e pode ser radical."

Hannah Arendt
(Carta a Gershom Scholem, em 24/07/1963)

"Milhões de fotos cobriam as paredes para formar um único rosto: das guerras, talvez do novo mundo."

"Talvez seja o que chamam de gravidade. Não sei. Algo me esmagou."

Jeroni Fernanflor

"Há muito mais punhais escondidos."

Irene Bergman
a *broker* centenária de Wall Street

GUERRA
DE NINGUÉM

Clara e Carmelita

I.
Esta é a história das duas meninas criadas no mesmo jardim, os pais desejando para a filha do amigo melhor destino que para sua própria filha. Se não tinham as mesmas bonecas era porque tinham mordomos e amas diferentes, e não é justo criar as beldades imaginando um mundo de rostos marcados pela igualdade, onde o jogo vai perdendo o interesse de ser jogo.

Chama-se Clara, a mais nova, ali ao lado do carrossel azul.

De vez em quando vem Anassilva, a babá, girar a roda.

Clara sempre aguarda o movimento e quando as mãos de Anassilva largam tudo rumo ao desfiladeiro, a mocinha, toda na cambraia, trinca bem os dentes de aço enquanto os cavalos empinam, galopam, atravessam o mar comendo chocolates e depois vão descendo das nuvens de volta ao jardim. Seus cabelos fazem mechas no sentido anti-horário e parecem ter gosto de sal, se algum nebuléptero voasse sobre o quintal da embaixada e atacasse a menina, como fazem nos bairros afastados. Mas os animais desse porte, devoradores de cabelos, se vão desalinhados, como ensinou Anassilva às meninas, já não existem desde muitas eras, elas souberam depois. Clara carrega uma força a mais com ela, seu corpo levita onde as outras meninas afundam. A outra menina, de pele transparente ao sol, também tem um carrossel no mesmo quintal. Talvez vejamos outros carrosséis ali, no entanto fiquemos nesses: nos de Clara e Carmelita: é esse o nome da outra, dos olhos de lagartixa correndo de coisa à Coisa, de árvore à Árvore, mundo a Mundo, os cabelos escorridos e loiros desafiando os nepulópteros, digo, nebulépteros.

Nada garante, mas a tendência é que cresça uma moça saudável, de pernas fortes, sorriso de sol, há algo de vitalista se erguendo no mundo quando ela se move. Não permite que a babá gire os cavalos. Empurra ela mesma o engenho e, até que pegue embalo, ela já tem enfiado inteiros os sapatos de porcelana na areia frouxa, manchado os meiões até os joelhos, ou afundado nas poças, quando chove sobre Santiago. Quando o plantel engrena ela ainda dá duas ou três voltas de impulso para depois embarcar. Sequer monta nos cavalinhos como Clara faz tão bem, em três tempos. Carmelita viaja pela América em pé entre os alazões, o punho erguido, a outra mão tocando a crina do cavalo lilás. Têm a mesma idade, que meses não contam. Os pais as protegem do mundo, embaixador um, militar outro, homens de boa vontade, solidários na piscina, suas esposas são cabeças sob o chapéu de palha, de bruços nas *lounge chairs*, raybans escondendo rostos idênticos, a pele a mesma coleção Helena Rubinstein, os camparis iguais. Os pezinhos finos com os dedões esticados chutando malemolentes o vento, crianças também, cujos carrosséis são rollyroyces. São eucarísticas e ambas leram *Les misérables, Le petit prince, O reverso da medalha* e *O presidente castrado* — claro, quanto a este, os rapazes não podem nem sonhar.

Não há nada trágico na vida das pessoas normais, esses religiosos não entendem nada sobre o dinheiro, por isso nada sabem sobre a felicidade.

Os pais das meninas discutem pouco e concordam em tudo.

Mesmo em casa, como nesse verão, no Chile, falam inglês ou, se algum criado anglofalante vem servir o gim, mudam o botão para o alemão, o tcheco, e sempre dão risadas quando a pergunta "por que estamos falando em húngaro?" aparece entre eles. Leem o jornal, comentam sobre as tournées, o embaixador precisa entender rápido as leis do rúgbi, do beisebol, e do enigmático jacktaes: é como a bocha, mas de origem saxã, onde as bolas são arremessadas por pequenos canhões de ar comprimido, os times são bem definidos no começo, no entanto, ao fim, há como que um fratricídio, um cada um por si, ou mata-mata, nome pelo qual o jogo é ensinado nas escolas dos povoados simples da África do Sul.

É missão do diplomata perfeito conhecer o dia a dia dos povos e entender suas paixões para esclarecer melhor suas vontades, diz o pai de Carmelita à mãe de Carmelita, e ela crê nele como em Platão.

Cresceram Clara e Carmelita. E nisso me enganei em tudo. A valorosa Carmelita preferiu o litoral. Clara se embrenhou na Patagônia. Nas festas na base militar ou nos encontros de toga e beca, chatos por natureza, ainda conseguiam criar para si brincadeiras de moças numa redoma, longe do mundo tolo da política.

Então, veio o golpe.

Que coisa feia.

II.

Era um tempo de tomada de decisões, não se pode ficar em cima do muro a vida inteira, disse o embaixador à filha Carmelita no jantar em casa, não se sabe o caminho ao certo, filha, vai-se caminhando, é preciso coragem porque tudo passa, mas depois, depois.

Era um tempo de tomada de decisões, não se pode ficar em cima do muro a vida inteira, disse o general à filha Clara no jantar em casa, não se sabe o caminho ao certo, filha, vai-se caminhando, é preciso coragem porque tudo passa, mas depois, depois.

Os amigos se transformaram em inimigos em todos os lugares, nas igrejas havia dois cristos agora, um, da Ascenção, sob a aura azul e outro, da Paixão, sob a poça vermelha.

Numa tarde irrepreensível, ainda em um mundo que corria por fora do vale profundo do país, as universitárias Clara e Carmelita se sentaram para tomar um refresco na San Antonio com Santa Ermida, como todas as moças faziam.

O garçom entregou o bilhete.

"Senhora Clara?"

"Mais admiradores da Clarinha-gostosa", riu Carmelita.

"Nada. Recado do chefe, disse Clarinha — 'Ligar pra casa urgente'." E foi ao telefone do balcão. Carmelita se vestia como uma bonequinha do campo, como as moças lindas nos campos de alfazema, nas embalagens dos perfumes, com seus slogans "Cheirai aos lírios dos campos", esse mundo inteligente da publicidade.

Naqueles anos, Carmelita preferira o cheiro do mato. Adquirira o odor virginal das margaridas, levava vida reflexiva, onde rapazes e moças não estão pensando todo tempo no tempo futuro, embalada pelas histórias do pai, dos discos voadores abduzirem pessoas todos os dias.

Quando voltou de lá, andava como uma estaca e tinha cor de cera.

"Seu pai... meu pai... meu pai acaba de prender seu pai."

"O quê?", perguntou Carmelita saindo do transe da tarde limpa e caindo dentro do pesadelo que garantiria a sua vida rumos bem diferentes, agora.

A guerra civil é bem como o jacktaes, só que com gente. Naquele maio, o general, ele mesmo, meteu uma bala na cabeça ensacada do embaixador. Se não foi ele, o dedo no gatilho não importa, a cabeça no saco, sim. Pelo menos para a menina Carmelita.

III.
Vinte anos depois, Carmelita voltou do exílio. Não havia mais embaixada nem passado nem espírito. Se havia na menina alguma força vitalista agora, se perdera tanto quanto se perdera no país, tudo quanto podia perder.
O tempo passa para os ditadores também, todos morrem. Carmelita era a médica dos seus próprios sonhos, enfurnada em pesadelos sistemicamente sonhados para fazerem seu psicanalista gozar.
Eram duas mulheres duras, agora.
Viviam na mesma cidade, não se viam, de algum modo juraram nunca falar sobre isso.
Como se diz, o destino joga porque gosta.
Só sei que noutra irrepreensível tarde, Clara e Carmelita se encontraram por acaso no café da San Antonio com Santa Ermida. Não, deixe-me ser mais preciso: quando se viraram, estavam uma diante da outra.
De fato, notaram ser duas mulheres duras, agora.
Alguma força superior rachou o tempo e o espaço nessa hora.

★★★

Então, o garçom entregou o bilhete.
"Senhora Clara?"

"Mais admiradores da Clarinha-gostosa", riu Carmelita.

"Nada. Recado do chefe, disse Clarinha — 'Ligar pra casa urgente'."

Quando voltou de lá, era a bonequinha do campo, como as moças lindas nos campos de alfazema, nas embalagens dos perfumes, com seus slogans "Cheirai aos lírios dos campos", esse mundo inteligente da publicidade.

"Era o quê, dessa vez?", perguntou Carmelita.

Clara fez ar *blasé*.

"Nada, eles nunca dizem coisa com coisa, né?"

Sorriram.

Em algum lugar, porém, continua zoando a bala.

Ninguém que não seja um deus consegue entender as regras desse jacktaes.

Os Nehemy

"Você já capou um gato, Hud?"
"Não."
"Eu, já."
"Onde, Omar?"
"Na fazenda dos Azis, nas férias."

Nosso-pai, Nabih Nehemy, esperava o último sol descer o batente da sala quando nos reuniu durante o jantar e botou sobre a mesa os talões de cheques. Ele teria menos de seis meses. Se a expectativa dos médicos não se comprovasse, meteria uma bala na boca, ou inalaria monóxido na garagem até os pulmões virarem uvinhas secas. Isso ou mais que isso — conhecendo nosso-pai como conhecemos — ou nada disso: faria algum truque ou proporia tratos com Deus, porque não era desonesto nem perante o absurdo da vida e não deixaria de combinar as bases disto com o verdadeiro Patriarca. Era um libanês ortodoxo, aprendera com a mãe o quanto é preferível viver com nojo, segundo a segundo, ano a ano, resistindo o melhor e o quanto se possa. Aquele era o verão de número cinquenta para ele e nos últimos tempos já não acreditava nem na metafísica nem na quantidade.

"Alguns viveram bem menos, e melhor."

Nabih se referia ao "rapaz-Mintaha-pai-de--Nabih", exemplo de vida curta e intensa, dessas vidas que os deuses dão de presente a quem amam de verdade.

No final da guerra, o-rapaz-Mintaha partira do Líbano para os Estados Unidos e, não se sabe como, desembarcou no Brasil.

Sequer era desses sonhadores: não acreditava em eldorados. Só não gostava das guerras, do serviço militar, das extravagâncias da fé. Trouxe na carteira a fotografia de Almona, com lindos olhos de mel. Com o tempo, ela viraria uma foto a mais nas feirinhas de antiguidades.

Nabih era filho desse rapaz a quem faltou todo senso de direção. Enquanto os patrícios apostaram no café, ao Sul, ou em São Paulo, na mascatearia ou nas lojinhas e armarinhos (nunca se vira vendendo bilhetes de loteria nem gravatas nem espelhos), o-rapaz-Mintaha atravessou Campo Grande, comprou uma câmera fotográfica em

Cuiabá e, como bom fenício, subiu o rio da Dúvida, depois batizado de Roosevelt, com uma expedição de cientistas, desenhando e registrando animais bicéfalos da floresta da Amazônia, enguias com eletricidade suficiente para alimentar um povoado, sucuris seculares, e plantas carnívoras, descendo as margens do Negro e do Madeira. O país era absurdo, incompreensível, porém livre de conflitos religiosos, e ele imaginava pequenos grandes líbanos florescendo ali, e na selva do seu coração. Esteve com os soldados da borracha sangrando árvores, nos garimpos e, dez anos depois, não rico, mas remediado, comprou o bilhete em Manaus e voltou os olhos para as duas longínquas pérolas do mar da Arábia. Contudo, o amor não espera tanto tempo nem pelo-rapaz-Mintaha e a linda devota de São Maron, a doce Almona, tinha olhos para outro coração.

Sem reclamar derrotas, o-rapaz-Mintaha se casou com a prima Fátima, cristã maronita dos olhos de azeitona, na cidadezinha de Kafara Homei, no vale do Bekaa. E ali nasceu o varão Nabih Nehemy.

"Nunca fui à fazenda dos Azis. Nosso-pai não deixa."

"É verdade, você ainda não pode. Não é homem, ainda."

"Não é por isso. Ficaria demais para eles receberem nós dois de uma vez, nossa-mãe me disse."

"Ela mentiu para você."

"Não diga isso: nossa-mãe não mente."

"É porque você ainda é menino, e não faz mal mentir pra meninos, é por isso."

"Não me importa nada disso."

"Ninguém vira homem se não capar um gato."

"Quem disse?"

"Ora, todo homem sabe disso."

O Líbano tinha coração diferente agora. Era um país de privilegiados, onde a terra era mal partida, os altos impostos atrapalhavam a vida e os negócios. A burocracia deixara a administração pública burra e lenta. Não dava para criar o pequeno Nehemy num país assim.

"Vamos daqui. Nunca se verá no Brasil problemas assim", profetizou o-rapaz-Mintaha, e o presságio explica não termos economistas na família.

O-rapaz-Mintaha-pai-de-Nabih desembarcou no Nordeste, em 1960, já muito doente, e perdeu a batalha para a pneumonia meses depois, na casa dos trinta anos.

Fátima educou o filho Nabih com zelo, mantendo o quanto podia as tradições da religião e da retidão, e tirando o sustento do pequeno box de roupas no mercado central, pagando o aluguel mês sim, mês não. Era uma mulherzinha dos olhos bem acesos, lá no fundo escuro do box, a respiração lancinante, os tornozelos azuis de varizes, noite e dia pedalando a máquina de costura. Conhecia as notas de dinheiro só o suficiente para passar troco: tinha português precário e orgulho de libanesa teimosa. Para alguns, no mercado, era a turquinha, e não havia carinho algum na expressão. Mas, quando entravam no cubículo e viam Nossa Senhora de Fátima tomando toda a parede, reconheciam na viuvinha algum tipo de santa e não a incomodavam com tolices. Foi outra de vida breve: a inflamação nos pulmões também cansou Fátima. Nabih tinha doze anos quando chegou com a marmita e as luzes já estavam apagadas.

A vida, portanto, não foi um passeio no jardim das delícias para nosso-pai, e nas festas, nas preleções e nos sermões, sempre nos fazia lembrar disso, e das vitórias silenciosas do-rapaz-Mintaha-pai-de-Nabih pelo mundo, e da têmpera de bravos, de homens de verdade nascidos Nehemy, da Arábia pétrea do vale de Bekaa etc. etc.

"Quando você crescer, vou lhe ensinar a ser homem, Hud."

"Não quero. Não vai me ensinar nada. Vou ser igual ao rapaz-Mintaha, Omar."

"Bobagem. Não vai, não."
"Vou."

Aquele talão de cheques dormia no cofre desde os tempos da Calcedônia, e nosso-pai sempre o libertava dali quando queria comunicar algo à família, ou reforçar as leis da casa conosco. O meu irmão Omar era cinco anos mais velho. Ele tinha o queixo estendido à frente, de quem é o primeiro a entrar num campo de batalha. Já eu não conseguia desgrudar os olhos do talão de cheques naquelas horas.

O fantasma do deserdamento sempre morou conosco. Em certas horas do dia, eu podia sentir sua presença mais carne e menos espírito pela casa, sua presença categórica, plumada, restos de um pássaro inchado. Vejo agora que, quando nosso-pai punha o talão de cheques sobre a mesa, o meu temor não era de, em algum momento, o velho destacar a folha do cheque:

"Eis sua parte." "Siga, sozinho." "Suma daqui."

No fundo, era o medo de extravagar, de não pertencer, não ser digno da memória do vulto enevoado do nosso herói, o-rapaz-Mintaha.

Eu os amava. O passado deles era o meu, e procurava seguir as regras, mas um menino nem sempre consegue. Então o dinheiro e a família eram pontos extremos do mesmo abismo. Aquele talão de cheques parecia ser a última coisa da qual eu lembraria de ter visto na vida. Nehemy foi o último do país a admitir os cartões de plástico. Também não sei se o nome Nabih Nehemy, impresso nas folhas e na capa do talonário, era lido com bons olhos pelo gerente do banco e, hoje, a sensação de o velho ter-me assustado a vida inteira com bravatas de cheques sem fundos me faz rir sozinho, de tristeza, por uma inocência perdida, e digo assim para tentar ser sincero com a memória dessas almas.

★★★

Nabih-nosso-pai sequer tinha muito na conta. Pedira empréstimo ao banco e a garantia foram alguns imóveis de avalistas. O patrão era patrício de Beirute, e roubou do velho a juventude, toda uma vida alugada. Quando entrou na sala, contou do câncer. O homem vai até a vidraça, olha o pátio com seus funcionários nos macacões lá embaixo e pergunta do que Nabih precisa.

"Do que Nabih precisa?"

"Tenho duas férias a vencer", disse nosso-pai.

O patrão pegou o telefone e informou ao contador do outro lado para liberar uma delas.

"E pague a outra em dinheiro." Tapou a boca do fone, para só os dois velhos amigos ouvirem a frase: "Talvez Nabih não tenha tempo para gozá-la, não é?"

A despeito disso, ele viveu todo o verão, esperou nascerem as flores, podou das árvores os galhos mais à mão, e não quis voltar para o pátio da tecelagem. Recebia o contracheque pelos correios, descontados os vales-transportes e o adicional para a alimentação. Não fazia questão. Depois de anunciada a doença, os amigos passaram a tê-lo como a quem tudo se permitisse, um ex-detento ainda sob a fiança dos primeiros dias do sol rasgando as montanhas, uma criança ou algum tipo manso, aqueles de boa vontade, herdeiros da terra. Ele dera as costas para todos esses arrebatamentos e à noite, depois de colocar sua cavalaria vermelha pra lutar contra o monstro até vomitar na pia do quarto, dormia com a arma ao lado, chamando os anjos, dizia.

Uma tarde qualquer, o carteiro entregou o envelope da demissão, e o velho assinou uma papeleta amarela. Deixou o documento vagabundeando sobre a mesa. Ainda hoje o papel flutua pela casa, é comum vê-lo pelos cômodos, dia desses o vi se debater contra a cortina da sala. Quando o recebeu, Nabih não ritualizou nada. Dirigiu o carro por ali, foi até o banco, conversou lorotas com uns amigos e voltou pra casa com os olhos injetados de vento, os cabelos eram palha de milho grudados ao crânio, o hálito de peixe, a respiração precisando de maestro. Era ainda o homem que me ensinou sobre como se livrar das garras dos ursos ou descobrir se o crupiê está roubando ou não na roleta. Não há ursos neste lado de cá, todos sabem, e todos me conhecem: não sou desse tipo de otário que vai a Vegas. O velho fez o grande favor em me ensinar só aquilo dos almanaques e de *Seleções*, do Reader's Digest.

"O-rapaz-Mintaha nunca saiu do Líbano, se você quer saber. Talvez nunca tenha existido, babaca."

"Mentira, Omar. Você é um mentiroso."

"Repita, se for homem."

"O-rapaz-Mintaha existiu, sim."

"Duvido você me chamar outra vez de mentiroso. Eu lhe capo."

"Não quero repetir. Você só quer encrenca."

"Não é homem, tá vendo? É só um bebê. Quando crescer, vou lhe ensinar a capar gato, pra você virar homem."

"E eu vou dizer que você chamou nossa-mãe de mentirosa."

"Pode dizer. Depois lhe pego, e tchumm!, lhe capo, bichano."

O tempo passou e nosso-pai, com sua detestável mania de não se reclamar, continuava por aqui. Nós e os amigos demos por natural a doença. Não nos permitimos pensar mais nela. Agissem seus desígnios e silêncios. Nabih continuava podando os arbustos e fazendo bricolagens na varanda.

★★★

Naquele setembro de 1998, completei dezesseis e Omar já tinha vinte e um. Ele e o pai estavam constantemente se ferindo com olhares quando a dureza dos seus dois mundos estragava os almoços de domingo. No dia seguinte, minha mãe exigiu que eu almoçasse sozinho no quarto. Ouvi as vozes grossas dos dois se chocarem. Algo se quebrou na sala de jantar e neles. Não se escutava um pio de minha mãe, mas sua dor queimava as paredes.

"Seu pai deserdou Omar-seu-irmão."

Foi uma noite longa. Omar ainda pernoitou no quarto, meu e dele, e senti sua respiração suspensa. Não estava acordado nem dormia. Nem estava morto nem vivo. Era um homem banido. De manhã, sua cama estava fria e vazia, era como se Ninguém houvesse deitado nela.

Durante aquele ano, a vida do meu-pai-Nabih ficou resumida aos exames. Os médicos avisaram: em algum momento o ouviríamos gritar de dor, pois era assim a doença. Mas isso não aconteceu jamais. O tempo se esticava sem sentido para ele e eu também desacreditava da quantidade e da metafísica. Nabih montara uma rede de informações com os patrícios e, de alguma forma, recebia notícias do filho e tranquilizava a mãe.

Omar era um proscrito. Errante. Já não era um Nehemy. Não tínhamos mais o mesmo passado. Se irmãos não têm o mesmo passado não são irmãos. Nossa casa era território dividido. Omar tinha opinião demais. Poderia ter refreado seu egoísmo, a bem de nós todos. E simplesmente não quis. Ou não pôde. Tanto faz, agora.

Contudo, admirava nele a coragem de enfrentar a sorte, por sua própria conta, uma vida na corda-bamba, sem a rede de proteção. Como algum dia fez o-rapaz-Mintaha. Depois, eu soube, essa admiração contagiava também nosso-pai-Nabih. Nossa-mãe lamentava e Omar era uma lágrima gotejando nos seus sonhos. Nosso-pai usava de todos os meios para o filho não sofrer pela falta do seu amor, visto no passado ter sido vítima de sua ira. A questão era que Omar estava o tempo todo envolvido em malabarismos. Dele, se falavam mil tramoias. Que se especializara em falir empresas. Na costa do país não havia quem não conhecesse sua fama. Ou era vigarista ou rei da burrice para os negócios. Todos se surpreendiam ainda não ter levado um tiro naquelas aventuras, por conta das dívidas ou das mulheres, pois seu outro esporte era se meter com elas, e seus maridos, diferentes de hoje, cada vez menos compreensivos aos chifres.

As economias da família só serviam para tirar o cara de encrencas, com o auxílio dos patrícios da Sociedade de Ajuda Mútua.

Devíamos ao banco porque Omar inventou de comprar gado do Sul e apostar se tratarem de "animais com genética sem comparações", lhe dissera um farmacêutico-veterinário.

"Meu Deus, um passador de remédios para gato e cachorro, minha-mãe!"

Ela não queria ouvir.

"Você é quem sabe, Omar, meu filho", e "Sonhei com a Virgem. Vá em frente, meu neném."

Não adiantava eu falar nada.

"Você detesta seu irmão, não é? Você o inveja, não é isto? Lhe faria bem admitir."

Talvez pudesse, minha-mãe, admitir: detesto o Omar. No entanto, eu e ele não podemos fazer nada quanto a isso. Quando foi embora nos despedimos com um aceno. O meu gesto congelou no ar, sem resposta. Ele tinha aquele olhar de jogador de baralho. Se tivesse me reprimido um segundo mais, seria o aceno dele gelando o ar, solitário.

"Eu não quero capar um gato."

"Mas vai."

"Não vou."

"O-rapaz-Mintaha capou gatos."

"Quem lhe disse?"

"Ele matou índios. Então capar gatos era moleza pra ele."

"Ele não matou índios, matou?"

"Havia índios ferozes naquela selva."

"O-rapaz-Mintaha não faria isso, Omar. Diga que não."

Uma semana antes da partida de Nabih, o telefone tocou. Pai e filho se falaram por três minutos. Omar chegaria em cinco dias. O velho esperou um dia, dois. O balão de oxigênio na sala, a cama branca, a enfermeira, a cadeira de rodas, tudo foi retirado no terceiro dia. Omar não viu o enterro. Fomos ao cemitério juntos, dias depois, e ali eles se remediaram.

★★★

O fato de Omar vir morar conosco não me agradava.

"Não tem mais ninguém por ele neste mundo, agora", disse minha mãe.

Qualquer argumento meu virava fumaça, até quando pedia para ela olhar para trás e ver o gráfico com as setas sem exceção apontando para o precipício. Ela já estava fraca demais para eu fazer valer meu egoísmo sobre seu sonho mirrado, e a vida me parecia até ali um eterno controlar das paixões e das vontades. Aqueles anos todos eu dedicara aos velhos, ao comércio, à luta do dia a dia. Sempre me perguntava onde estariam os grandes aprendizados. Não teria memórias pra contar aos meus filhos e vê-los estremecer. Morava duas quadras do outro lado da linha férrea, mas Narinha não queria crianças ainda. Omar se mostrava amável e zeloso o tempo inteiro.

"Siga. Eu cuido de tudo, agora."

★★★

Lamentei os ornitólogos estarem certos. Sem parelha, o outro pássaro se cala. Não canta. Fenece. E, um ano depois, a morte visitou brandamente o quarto de nossa-mãe. Estávamos em 2010.

De lá pra cá, eu e Omar temos nos falado pouco. Mudou-se para um apartamento ao Leste, talvez termine se dando bem nos negócios. Ele sempre dá seu jeito, ele sempre se vira. Algumas vezes, nos vemos no clube e, há pouco, quando nasceu Jeremias, Narinha insistiu para eu avisá-lo. "Um sobrinho. Quem diria, mano velho? Um sobrinho." Ficamos em silêncio alguns segundos e depois desligamos.

Quando decidimos sobre a herança, eu nada quis. Só havia a casa na rua do Florim, 1060. "Não é assim, Hud. Vamos resolver isso na casa do nosso-pai. Levo as cervejas." A casa do nosso-pai. Não conseguimos chamá-la doutra forma. Há ainda a cadeira do velho, a oficina do velho, seu fantasma rega o jardim, conserta tudo e fecha as janelas ao entardecer. Ele se perde nos dias de chuva se a esposa insiste em lustrar os móveis. Ninguém sabe onde se mete. Dirige por aí.

Naquele sábado, bebemos a tarde inteira, eu e meu-irmão. Caminhei pela casa buscando algo comum a nós dois para nos agarrarmos outra vez naquilo e flutuarmos sobre as ondas. Talvez o detestasse porque ele resumia melhor o que somos nós todos. De alguma forma, Omar, ali, bêbado, cantando,

"Venha, maninho, cante comigo dessa vez",
ou
"deixa eu te ensinar um truque. Aprendi, acho,
em Marabá, maninho velho",
Era mais parte de mim do que eu mesmo
imaginara.
Jamais entenderei o que sinto por ele.
Chegamos ao velho cofre no quarto.
"Vamos abri-lo, Hud."
Era um paralelepípedo intransponível de ferro
esverdeado. Omar pôs o ouvido junto ao segredo
e girou e girou e a portinhola se abriu. Moedas
azinhavradas trinaram no piso de labirintos.
"Não valem nada desde o século passado", ele
riu.
Lá estavam os talões de cheque.
"Quanto você vai querer, menino-Hud?"
"Fique com tudo, menino-Omar."
Rimos. Estávamos bêbados.

"Você sabe como se capa um gato, Hud?"
"Não sei e nem quero saber."
"Vamos lá. Seja homem: me pergunte como."
"Não."
"Não seja frouxo. Você quer saber, não é?"
"S-sim."

Omar continuou a pescaria e encontrou a foto no fundo da pequena gaveta.
"Meu Deus", berrou, "uma foto do-rapaz-Mintaha."
Senti o coração descompassar e os olhos se irrigaram.
Eu estava deitado na cama tentando controlar um dos movimentos da Terra.
Insistiu:
"Não estou brincando, Hud. Juro. É ele. Venha ver: o-rapaz-Mintaha."
"Deixe-o em paz, maninho", eu disse, sem olhar a fotografia e sem tirar os olhos do teto.
"Não acredito: você não vai querer olhar no rosto dele?"
"Já falei, Omar, vamos. Feche o cofre. Deixe voltarem pra casa em paz."

Dormimos apoiados um no outro no sofá da sala.
Pela manhã, me acordou aos solavancos.
"Cara, já passa do meio-dia. Dormimos demais. Tenho de ir."
Acordei. Não gosto de falar logo quando acordo.
Fechamos a casa.
"Você tem certeza de não precisar de nada aí de dentro?"
"   ."

Eu decidira na noite anterior: vendesse tudo.

★★★

Naquele 22 de novembro de 2013, a casa era um país equilibrado no ar, sonho que se vê por fora.

Mesmo à rua deserta, Omar ligou a seta do velho Galaxie para sair, como se a locomotiva do vento frio pudesse chocar-se com ele. Aquilo foi engraçado.

Girei a chave na ignição.
Estiquei o corpo ainda sonolento para ajustar o retrovisor da direita.
Ajustei também o do centro.
Contemplei a casa do nosso-pai, da nossa-mãe: a casa dos Nehemy.
Lembrei-me do-rapaz-de-Minhata. De muitos bichos de duas cabeças. De anacondas. Da eletricidade das enguias.
"Estamos todos voltando pra casa, rapaz."
Meus lábios tremelicavam nos espelhinhos.
Acelerei muitos giros, uma, duas, três vezes.
O carro deslizou pesado, lentamente.
E desci o rio.

A senhora Kinsley

A senhora Kinsley morava com a nuvem. Comia, se asseava e despertava com o fantasma. Durante a noite, ele abre a barriga do tanque na fotografia sobre a mesinha, olha para o céu, ajeita a boina como a senhora Kinsley se lembra, um empurrãozinho para a direita, desce da foto e vai encontrá-la rarefeita no sofá, qualquer sala pode conter até duzentos quilos de ar. Mesmo assim, respirar é missão sem atrativos para a senhora Kinsley, então ele a observa e espera surpreendê-la no meio do gole de café ou de madrugada vem massagear seus pés azuis inchados na cama. Ele abre os olhos dela com beijos de manhã e permanece assim, trovoadas e trovoadas, ao seu lado, contando como ele e suas lagartas eram o pesadelo das trincheiras, e como fugiu das balas, dos cães, dos canhões, do hálito verde do gás, de tudo que enfim da vida ninguém escapa.

A senhora Kinsley amará seu fantasma, mesmo quando tudo pareça pesadelo recorrente e o jipe estacione, e a porta se abra, sobretudo quando o oficial lhe entrega a medalha, a farda, a caixa, a foto, o tanque. Mesmo quando ela olhava lá embaixo a Lutécia derrotada, a Londres invadida.

Ele a vê sorrir porque só a senhora Kinsley sabe isso tudo pesadelo, vai passar, murmura Joseph, acenando do tanque, um fio invisível de sangue escorrendo pela têmpora, sob a boinazinha limpíssima.

A lenda

"Não adianta. Se a moeda der cara, em alguma hora a bala vai rachar sua cabeça." Quando Bierce escreveu estas linhas, fechou a cadernetinha, e ouviu o assovio de um pássaro singrar o campo de batalha para depois o silêncio o atingir com uma soqueira no centro do crânio. Portanto, era mais outra baixa no 9º regimento. O presidente continuaria sua guerra preta e branca, até ir naquele dia ao teatro, morrer como bem quisesse, mas o jovem de 21 anos agora poria a cabeça para dormir olhando a vegetação pesada de orvalho crescer sobre a montanha de Kenesaw. Ambroise Bierce estava satisfeito com a carreira militar. Na semana anterior enviara relatórios precisos para o general William Hazen, era respeitado no Tennessee, em Chattanooga e em Atlanta, antes de ela virar aquela bola de fogo.

Uma bala na cabeça. Não adianta. Vazou o cérebro como fosse a casca de uma noz.

★★★

Na versão coroa, também não voltaria. Jogou de novo a moeda e o nariz da Liberdade no anverso apontava para San Francisco, onde Ambroise Bierce se agarrou ao jornalismo e ao álcool, a escrever artigos flamejantes cheios de mentiras sobre a origem das riquezas e das guerras, com sua peçonha de aranha. De vez em quando, sacava a caderneta do bolso do fraque e anotava sonhos com tiros, com canhões, visões das noites mais escuras. Não adiantava.

Foi espancado algumas vezes por sua alta literatura nos jornais, mas na outra tarde ressurgia na redação de Fred Marriot, com a roupa impecável, porque mirava na moçoila Molly, filha do industrial.

Naquele ano de 1871, nas núpcias que o sogro conseguira para o casal, Bierce, de novo entediado, abriu a cadernetinha. E do nada, do calor de Paris, o silvo o atingiu outra vez, a casca de noz rompida.

★★★

Caiu em si nas minas de ouro, contraindo dívidas impagáveis até que, dez anos depois, aceitou o cargo quase impossível de editor-chefe, onde desenhava, escrevia (todas essas atividades que conseguia desempenhar morto de bêbado, e melhor que todos eles). Até que, não adianta, outra vez a caderneta, o vento implacável, a rachadura do crânio.

Agora, estava na mesa do *Examiner*, ele e o eterno inimigo William Randolph Hearst, que terminou por virar filme do Orson Welles. Depois de vinte e tantos anos ali, Bierce pagava seus vícios com dificuldade proletária. E se divertia destruindo a vida de fazendeiros, jornalistas, pastores, dificultando a escalada de escritores como os senhores Henry James e Jack London, só pelo prazer de se divertir com eles e, cara-coroa, se cansou de novo, e folheou a cadernetinha outra vez.

Apareceu no verão de 1913, num dia amargo, vagabundeando pelas ruas de Washington. Ambroise Gwinnett Bierce, as bandagens cobrindo a cabeça, o olhar de chumbo, passando dos cem anos, era pois uma lenda, mesmo não havendo amigo que o convidasse para uma bebida.

Não se lamentava das linhas que escrevera, dos tiros que disparara, nem de bala que recebera. Era homem inteiro ainda, porém se sentia inquieto outra vez.

Naqueles dias, leu nos jornais sobre Pancho Villa, e anunciou ao barman a decisão de seguir para o México, havia guerra por lá, e parte dele fora forjada para unir-se aos canhões e escopetas.

— ... E abriu a caderneta... — disse o barman. Não adiantou mesmo, outra vez a bala, a noz, o cérebro.

— ... o zunido de bala de fuzil, sem dúvida, senhores... — continuava depondo, o pano úmido ainda sobre o ombro — ... não me perguntem como, as portas estavam fechadas, éramos só eu e o cara. E a ventania, já disse.

O projétil retirado do crânio tinha quase um século de idade, mas o delegado achou esse fato menos importante para a balística.

É o que se conta sobre a bala de Bierce.

Há quem diga o defunto do bar ser só outro bêbado vulgar, do Sul. Que o verdadeiro Bierce se atirou do Grand Canyon, ou era realmente o mercenário na foto tirada em Cuernavaca ao lado de Zapata, não se sabe.

★★★

Agora, em 1979, em meio ao calor de um bar no seio da selva mexicana, alguém esqueceu sobre a mesa certa cadernetinha, onde se lia na página 50: "Não adianta. Se a moeda der cara, em alguma hora a bala..."

Na página seguinte, escrita com letra de rapazote tentando impressionar uma garota, dava para ler algo como: "Há diversos tipos de morte. Em algumas o corpo desaparece junto com o espírito. Isso ocorre quando o indivíduo está só e, como não nos é dado conhecer o fim, dizemos que o homem desapareceu, ou que se foi numa longa jornada — o que é verdade." Mas a caderneta pertencia ao escritor B. Traven, o dono do bar não tem dúvida. Aquela foi a última vez que foi visto, disso todos sabem.

Os três exércitos

O general Emiliano olhava o fogo crepitar. Os galhos secos faziam lembrar muitos ossos sendo quebrados. Tentava voltar a San Miguel, mas estava perdido. Sonhava com o dia de entrar outra vez na cidade ("A terra voltará para os que trabalham nela com as mãos", dizia assim a placa na entrada do povoado, lhe contaram, a frase no escudo), mas perdia a esperança. Queria voltar. Às vezes, um homem só necessita disto: retornar. Naquela noite decidira de novo deixar a matilha avançar, mas foi justo na hora em que, outra vez, a fé se instalou no coração do general.

"Kojo-meh", pensou, em náuatle. Vinha de Chinameca, mas a viagem parecia de cem anos. Os pés tinham cachos de calos e ele usava a ponta da espada para se livrar das bolhas. Não se aventurava a tirar as botas, então a lâmina atravessava o couro e depois ele sentia o alívio da flor explodir em orvalhos e ensopar dos dedos ao calcanhar. Passaria mais uma noite naquilo, vendo na escuridão as chamas nos olhos dos lobos.

Foi quando ouviu passos atrás de si e, antes de poder se virar, ouviu a voz da sombra também exausta.

— Tranquilo, homem. Demorei, mas cheguei.

— Sim, Augusto, já era a hora. De onde virá agora o Ernesto?

Ficaram em silêncio. Os três se encontram todas as noites. Contudo, de manhã, cada um toma seu rumo, sua sorte, seu revés. Andam o dia inteiro, sozinhos, mas à noite, o incompreensível se repete: por estranho serpentear das estradas, terminam por se encontrar em torno da mesma fogueira.

O homem em pé era Augusto César. Apesar do jaleco xadrez sobre os ombros, não parecia mais um camponês de Masaya. Usava um chapéu de cowboy americano, decerto aquilo não pegava bem para um guerrilheiro, e a cara estava sempre barbeada, e nisto se distinguia dos homens simples, mas sobretudo destoava dos bigodes longos de Emiliano. Gostava de postar-se compenetrado sob o sombreiro, em poses de estátua a maior parte do tempo, alisando o penacho da imensa ave negra sobre a boca. De qualquer forma, ambos eram mestiços, índios, brancos, então que diferença isto faz agora? Sobre bigodudos, Augusto César achava terem segredos terríveis, e ele não cultivava segredos com os seus homens.

Na noite anterior, Ernesto chegara antes dos outros. Só agora apontava das colinas escuras e se sentava ao lado dos companheiros.

— Senhores! Viva o Exército Libertador do Sul! E o glorioso Exército de Defesa da Soberania Nacional! Viva! Viva!

— Ora, sente-se aí, comandante — cortou o general, a espada alcançando o tornozelo por dentro do cano da bota.

— Eh, Rosário é terrinha distante, companheiro Ernesto.

— Há de estar mais perto que sua Niquinohomo, caro Augusto.

Como os outros, Ernesto também tentava voltar para casa. Era um homem determinado e despachado, mas tinha o olhar dos traídos. Dos três era o mais acostumado ao terreno, o mais experimentado dos soldados, conhecia todas as rotas, mas, mesmo assim, era quem mais parecia perdido agora.

A noite seguiria a mesma de sempre, os homens dividiriam a erva mate, a caça, picariam fumo e fariam cigarros, mas quando se ouvia o trem passar ao longe-longe da cordilheira, um deles, do nada, tratava de se lembrar das balas.

— Maldita bala. Malditos traidores.
— Malditos traidores. Maldita bala.
— Viva o Exército Libertador do Sul! E o glorioso Exército de Defesa da Soberania Nacional! Viva! Viva! Morte aos Marines. Viva a Revolução, — repetia Ernesto.
— Ora, nada disso faz muito sentido agora.
— Não, não faz.
— Outra rodada de té, quem vai? Daqui a pouco amanhece.

E o assunto dava giros.

— Com quantos anos a maldita o atingiu, general?
— 40.
— E tu, Ernesto, com que idade a bala daquele filho-da-puta...
— Ia fazer 40. 39 e alguns meses.
— Estranho. Eu também ia completar 40 quando aqueles veados da Guarda Nacional. Vocês não acham isso um tanto estranho? — perguntou o guerrilheiro Augusto César.

Estudara cabala e espiritismo. Tinha lá suas crenças.

— Sim, mas isto faz alguma diferença agora? — falou o comandante.
— E o senhor, o que acha, general?

Não adiantava. Não iriam envolvê-lo naquilo. O general Emiliano permanecera calado, arrumando as coisas para sair, e saiu, porque o sol já deslizava entre eles.

— É, não deve fazer diferença alguma — falou, agora já sozinho, Augusto César.

Ernesto guardou a cuia na sacola, e já estava a um lanço de pedra. Augusto César também se levantou e seguiu na outra direção.

Agora dava pra ver com clareza que os homens sangravam.

Hoje à noite este exército se reunirá de novo, enquanto os lobos observam, vitoriosos.

De volta para casa

O volume chegou à tarde, quando Dona Cleonice foi buscar as cartas na cidade. Desencontraram-se. Mas estavam os demais, assim não foi problema, os homens colocaram-no sobre a cama e, como quis a luz amarela, ele podia ser melhor visto por aquele ângulo. Os irmãos Feitosa imaginavam sua resistência ao calor, aos natais, aos réveillons. Vamos, ajude-me aqui, disse o mais velho, e giraram a cama, assim a luz do sol podia bicar o espelho e encher o quarto de mais luz ainda. Vaneide, vinte anos, viúva, olhava para ele e pensava na vida. Onde está mamãe, perguntou.

A resposta era desnecessária, se podia ouvir o pigarro de dona Cleonice alcançando as escadas.

Lá vem ela, lá vem ela, disse Janair, o meio-
-irmão, o agregado, o pestilento, vamos cobri-lo.
Não, disse Moisés-Filho, não cubra nada,
anormal. Deixe tudo como está, a luz agir sobre.
Os passos eram os mesmos, batidos.
Vaneide resolveu ajustar algum detalhe, mas
a ansiedade só a fazia se repetir em pêndulo no
meio do quarto.
Dona Cleonice parou no sétimo degrau, recla-
mou-se de algo, berrou lá para baixo, as criadas
não acudiram de pronto, são desleixadas, ficaram
embaixo, sim, senhora, será feito, senhora, sempre
foram tristes aquelas freirinhas particulares, gente
que a guerra encostou nas casas mais remediadas.
Moisés-Filho foi à porta e ficou ali, fumando.
Mãe, disse ele, aqui.
Cleonice estava cansada. Havia luz nas faces,
como em algumas pedras, e isso nos faz às vezes
vermos rostos nelas.
Avançou outro degrau.

Foi quando a voz minou do corpo mutilado. Era
a voz raspada de Eduardo, por Deus, não deixem
minha mãe me ver assim, tronco e cabeça, menos
da metade do que ela gerou um dia. Ah, por que
não me levaram inteiro as granadas?
Todos não sabem, mas todos viraram o rosto.

O menino de Bombaim

"O senhor bebe água?"
"Claro que bebo, filho."
"E come; e ..."
"Sim, filho, claro."

A lembrança dessa conversa veio de novo à cabeça de Mohandas Karamchand no meio da tarde. A primeira vez que se lembrou disso foi enquanto banhava o leproso Boghnish na semana passada. As perguntas eram de um menino que tempos atrás ele encontrara numa enfermaria de Bombaim, as gazes ainda cobrindo os olhos, mais uma alma macerada pela guerra. Quando ele se apresentou, o menino apertou bem sua mão a ponto de Mohandas querer afastar-se um pouco; não tinha tanto a dar quanto o menino esperava.

"Mahatma, jure que vai me colocar em suas preces."

Depois do sim, ele pediu que se aproximasse e soprou no ouvido do Mahatma:

"Senhor, permita que eu revele como será sua morte..."

O menino tinha febre e fome. Era preciso manter os lábios dele úmidos para em alguns dias poder administrar-lhe pelo menos água, pois seu corpo não suportaria de outra forma. Mas era um pássaro que não esperava autorização para continuar:

"... Daqui há um ano exato, Mahatma, cairás pela força de um tiro. Serão dois ou três, não importa, mas estarás morto já no primeiro disparo."

Mahatma gostaria de perguntar se os ingleses, os muçulmanos, mas seu pensamento se trancou ali e não avançou mais.

"He, Rama!", os lábios se separavam para proferir o silêncio.

Mesmo assim o menino repetiu:

"Sim. He, Rama."

E ali mesmo o pássaro silenciou.

★★★

A outra vez que Mahatma Gandhi se lembrou do menino estava diante de Nathuram Godsé, que meteu uma bala em seu peito com a ira de todos os povos. Gandhi juntou os punhos sobre o peito, e foi o que disse:

"Oh, Deus!"

Mas não pensava em si nem no tiro nem no mundo nem no sal nem no país. Pensava que, naquela noite, pela primeira vez, enquanto dormia nu ao lado da sua pequena sobrinha de dez anos, para testar sua paciência sexual, se esquecera de orar pelo menino.

O oceano absoluto

Thompson está morto. Mesmo assim vai ao quarto, pega a garrafa de rum e liga para um amigo. Qualquer um. Ninguém deseja conversar com Thompson. "Seu lado violento" andou dizendo outra vez verdades para um punhado de americanos babacas que adoram futebol. Hunter Thompson lembra do Rio de Janeiro e das cabeças ensanguentadas dos tiroteios. Ele esteve ali bebendo dentro do túnel de fogo a poesia de Leach. Ora, está morto. Isso se percebe logo, num golpe de vista: Thom entorna a garrafa, mas o nível nunca se altera. Tudo o que ele sonhou: a garrafa eterna. Na cidade maravilhosa.
Os mortos estão morrendo de sede. Lembrou do Norman Mailer. Achava o Mailer outro tipo de palerma, e era engraçado gostarem de muhammadalis diferentes. O telefone de Mailer tocou e do outro lado o velho falava por trás da máscara de ar:

— Alô, alô... você quer falar com quem? Fale, estúpido.

Alguém ligava para o Mailer, mas não era mais o Hunter.

Ficou pensando na forma como o Norman suspendia seu texto na corda bamba, um equilibrista buscando o aplauso. Já Thompson escrevia sem a redinha de proteção e aquilo apavorava o circo inteiro.

"Morra logo, Mailer. Para que mesmo serve um velho?", pensou, o telefone ainda no gancho.

— Ele fuzilou o tempo todo — Hunter Thompson falava de si mesmo mas não era um otário: sabia do gongo, do apito do trem, do fim da estrada.

O rum não parava de se derramar da garrafa invencível.

Ele andou de cuecas pelo quarto e escreveu a Steadman, queria uma ilustração do mal absoluto, blá, blá, isso é fácil de ler por aí sobre.

"O Bush não pode ganhar, se o Bush ganhar — contou Ralph Steadman — o planeta está perdido... vão transformar os Estados Unidos numa terra para fanáticos religiosos, fascistas, gananciosos, um indecente orçamento contra os 'terroristas', vão foder o Irã, Ralph, desenhe pra mim o mal absoluto, porra. Estamos todos fascinados pelo mal absoluto., Ralph."

Esta ligação não aconteceu. Thompson já estava morto. Então quando o anjo de cara quadrada chegou pra buscá-lo e metê-lo no trem, lembrou que, sendo Thompson quem era, tinha ordens republicanas e democratas para ressuscitá-lo. Hunter aceitou. Outra vez vivo, pediu que o anjo esperasse um pouco lá fora, a porta entreaberta, a luz fugindo da casa, enquanto o quarto se inundava de rum.

Thompson foi ao telefone, ligou para o filho e, no meio da conversa, a bala da Magnum 44 de Thompson abriu um orifício de luz na cabeça de Thompson e o salvou para sempre daquela América.

O soldado inválido da Casa Louca

Esta é a fábula do soldado inválido e demente de Kandahar, que ganhou nos seus 38 anos 16 mortos afegãos mais para carregar. Retirou do rosário as balas e atirou. Ateou fogo às cabeças como ao Corão incendiado em Bagram ou uma sarça ardendo no deserto. O soldado demente e inválido não era perverso nem mau como um talibã louco. O sol. O sol de Camus os matou, as nove crianças, os planetas... o soldado demente só estava lá, pronto para receber para si a missão de encarnar a demência da guerra. Depois entrou no caminhão. Lavou o rosto. Comeu com os companheiros. À tarde, os médicos olharam com equipamentos os olhos dementes do soldado uma vez e outra. Lá dentro encontraram vultos de crianças e adultos, e imagens de 25 palestinos esmagados em Hebron. Nas cascas ressecadas da retina, lá estavam os mais de quinhentos mortos em My Lai, com a foto do tenente Calley presa ao pescoço.

"Todos têm os seus massacres", disse Nixon, quando salvou o tenente da sua demência perpétua. "Esta não é hora de vingança. Mas de disciplina. De mostrar valor", berrara o general demente um dia antes.

Será a mesma frase ouvida por detrás dos arbustos, pelos soldados dementes afegãos.

O soldado de Kandahar recebeu a pílula diária e quando acordou já estava devendo a primeira parcela da hipoteca de uma casa sem varanda na Geórgia.

Epitáfio

Aqui jaz Pablo Rocka.

★★★

Vagou sobre a Terra setenta e três e anos. O mesmo tanto viveu Juan, o carpinteiro de Valparaíso, onde nasceu o poeta Joaquim Belo, morto ontem pela mesma arma, neste Ano Domini de 1968. Pablo viveu na pobreza e morreu sozinho. Não quis amigos. Seu corpo azul embalsamado pela tristeza o trouxemos para cá numa nuvem de gelo, durante a madrugada deste pio setembro.

Quando virem aqui a lápide falando "Carlos Díaz Loyola" entenderão que nenhum condado quis a língua e a altivez de Pablo Rocka repousando sob a santa terra da lavoura, e a burocracia quase nos fez dizer a verdade sobre ele.

Só pudemos sepultá-lo ao fim da tarde.

Eu mesmo fiz o papel de padre, e recebi o corpo à entrada do cemitério, e caminhei adiante do caixão exatos setenta e três passos, recitando salmos até a sepultura. Dali retiramos os cardos com as enxadas e alimentamos a terra com a alma de criança do poeta Pablo Rocka, a bala na garganta, o hálito choco de vinho. Tivemos de aguardar com tédio a fagulha da bala silenciar pelo orifício da sua boca, e isso forçou a metade de nós a ir embora antes do fim. O revólver pusemos no bolso esquerdo do paletó: podem comprovar quando o desenterrem daqui a mil anos. Alojado no crânio, vão descobrir o projétil. É o mesmo que espoca sem dó na boca do filho de Pablo, também Pablo, igual a ele, poeta, o tiro na boca do pai, filho, perdoai. A ida sem volta. Cumpre o destino do seu menino. Morrer no ano que não se acaba é morrer todos os dias.

★★★

E aqui o deixamos. Mais um para a mobília subterrânea de Satanás.

Vão descobrir nas pupilas de algum outono que este pedaço de chão se revolta alheio às marés e às estrelas, e isto obrigará aos homens ajustarem os seus relógios um segundo a cada cem anos, para empurrar mais fundo ainda a bala na boca.

Um dia duro

De madrugada, o vigilante colocou os pés no soalho frio e espirrou. Levantou-se, foi até o banheiro e não se reconheceu em nenhumas das partituras do corpo. Os seus movimentos agora atendiam à música que nunca ouvira, e seus gestos seguiam o ritmo sem ele poder fazer nada a favor ou contra. Quando se deitou outra vez, agarrou-se à cama e ficou um instante estatelado em posição de alavanca. Tudo aquilo respondia ao período de silêncio que as músicas exigem.

De manhã, pediu demissão do condomínio de luxo em Honolulu e seguiu para Nova York, fazer carreira, suponho.

Isto ocorre com as pessoas mais do que imaginamos, como foi o caso também daquele *pop star* que perdeu o interesse de repente pelo mundo dos espetáculos quando despertou um dia imaginando os livros mais infantis trazerem verdades universais. E não se apresentou mais, brigou com os amigos, quebrou litros de uísque contra as paredes das boates, enfim, era outro homem. Certa noite, defronte a outro condomínio, em Dakota, esse *pop star* usou um 38 para matar o vigilante. A polícia o encontrou congelado ao lado do corpo do homem de quarenta anos, os óculos da vítima destroçados, o livro nas mãos do artista, que entrou na viatura sem resistência, pediu desculpas por qualquer coisa e nunca mais se ouviu nem espirro nem música nenhuma dele.

Os dois poetas

Estava escuro e a gosma da noite atravessou seu corpo outra vez. Sidney Keyes avançou com o pelotão logo na alvorada. Cada centímetro rastejara no escuro e em vão. Continuavam todos ao pé da mesma encosta, na lama, sem força e sem fé, alguns duros de frio, os dedos nos gatilhos mortos.

O soldado James Lucas tomava notas e Keyes olhou com desprezo para ele. Os melhores poemas Keyes os tinha escrito ontem, no estômago da noite graxa, reptícia, na caderneta com capa de ferro vestindo as páginas como um laudel.

O tenente Sidney Keyes ensinou-os a cavar trincheiras e esperar:

"Esperar, James, nada mais."

O soldado ouvia a voz de Sidney falando de dentro de algum mármore.

O tenente retirou o capacete e deitou a nuca sobre a cuia de metal. Cochilou. Quando abriu os olhos o inimigo estava a um palmo do seu rosto.

"Não se assuste", disse, "não sou inimigo', continuou, "estou longe da minha tropa e venho cansado", suspirou, "ontem à noite eu era a metade viva da batalha de Grodek, num celeiro. Vi quando um soldado ferido atirou na cabeça ao meu lado. Tenho seu sangue ainda aqui", apontou.

"O que você quer de mim?"

"Você não tem um cigarro, Keyes?"

O tenente retirou com cuidado o toco do cigarro, acendeu, deu uma baforada e entregou ao visitante. Ali pôde ver sua cara imensa, seu uniforme escuro, o cabelo louro rente ao crânio.

"Vim porque sei que você é um poeta."

"Sim."

Keyes agarrou com força a caderneta de ferro. Não a perderia para ninguém."

"Relaxe, homem. Estive pensando, tenente Keyes, durante a noite inteira: as guerras não são para sujeitos como nós."

A frase. Keyes não pode fazer nada senão repeti-la, com os olhos no céu.

"As guerras não são para sujeitos como nós."

"Sou também um poeta, tenente... e pensei muito em você nesta noite..."

"Pensou no quê?"

"Se não me daria a honra de morrermos juntos hoje."
"Um poeta. Será uma honra morrer ao lado de um. Como se chama, soldado?"
"Trakl. George Trakl, senhor."
"Desculpe. Não o conheço, Trakl. Mas estamos em Oued Zarga. Na merda da África. Esta tua Grodek é bem distante, não?"
"Sim."
E ficaram um tempo em silêncio, os dois poetas esperando o sol invadir a cova da trincheira.
"Escuta, Sidney: vamos, então?"
"Sim, Trakl" — disse o tenente.
"Conto eu ou conta você?"
"Contamos juntos."
"Um..."
"dois..."
"três."
Então o tenente escalou com fúria a parede da trincheira e saiu atirando com sua Tommy gun. Recebeu mil balas no peito dos inimigos que, agora, de fato, chegavam.
"Morreu um homem. Mas foram duas labaredas de fogo que subiram ao céu naquela hora", estava anotado na caderneta do soldado James Lucas, enterrado hoje no cemitério de guerra de Oued Zarga, Tunísia.

Joaseiro

Gente do Santo não morre de bala, gritou Murilo, o negrinho pouco mais que anão de altura. Vinha do fundo de qual moita não se sabe, avançava sem dar credo às balas dos bacamartes e dos parabeluns, abrindo o Vermelho entre os jagunços, os olhos de brasa, as ventas bueiras, apitando. A eles não restava senão repetir, Gente do Santo não morre, enquanto Murilo ganhava sombra de gigante e sobre, detrás e através dela os homens se trepavam, corriam, atiravam, se defendiam, rolavam pelos arames e avelóses, vendo a outra metade cair pelo balaço da metralhadora sobre a serra de São Pedro, das tropas da Fortaleza.

Não morre, vírgula, dizia vaidoso o pente da metralhadora, não morre, ponto, diziam as vozes, Viva, as lamúrias das carpideiras rezando o Terço, Viva Nossa Senhora das Dores das famílias escondidas em buracos nos fundos dos quintais da cidade santa do Joaseiro, não morre, e os romeiros cravados os peitos de dor, josés, joões, raimundos, manoéis, cíceros, franciscos, protegidos pelo rosário da mãe de deus voltavam a se levantar mil vezes, Viva, miluma vezes alimentavam o bacamarte, a garrucha viva, a vida vinha de novo para a agulha e não a morte. Murilo atingiu o cocoruto do inimigo ao fim do dia. Depois sentou-se, apertou o cigarro e olhou para o vale adubado de corpos.

Aqueles com rosário, levaremos pra dentro da cidade: lá o padre há-de me explicar as ordens que recebeu do céu. Os inimigos, enterrem raso. Queremos nossos filhos e netos pisando por mil anos essas cabeças cheias de merda.

Remanescentes juraram a historiadores: Murilo levou um tiro no peito ao meio-dia e sangrou meia-horinha, o dedo do gatilho agarrado às contas.

É cova sem nome entre duas mil no Alto Santo do Joaseiro. Aquele que viram era uma alma perseguindo uma ideia perdida.

Ordem do dia

Acordo às 4&20 para assear Kátia tentando não acordá-la, senão começa a gritar aqueles palavrões sem sentido.
Às 5&30 ela desperta e dou a primeira refeição, por sonda endogástrica.
Às 8, são os primeiros cuidados com a taponagem.
Às 8&40 faço a higiene completa, o banho de leito e massagem no corpo.
Às 9, chegaria o fisioterapeuta, mas aprendi a série e Kátia tem colaborado melhor nos últimos cinco anos.
Às 10, Kátia toma água com ajuda do guincho improvisado. Posso retirá-la da cama e sentá-la.
Às 10&30, descemos para o jardim do prédio. Todos gostam de nós. Não gostamos das crianças.
Às 12&30, mais alimentação enteral.
Às 14, temos de voltar para a cama. Levo os panos para a máquina. É feito novo asseio.

Às 15, recebe o suco de cenoura e viro-a para o lado da luz, do oratório. 16&10: os medicamentos para dor. E as duas injeções. 17&40: Kátia gosta de ouvir FM. Ligo a rádio. 18: volto e rezo o terço. Ela fecha os olhos com força. Melhor assim. Antes, ficava agitada e a gente podia imaginar que chorava. 19. Está mesmo dormindo? Às 20, começa a novela na TV. Kátia abre os olhos. Viro-a outra vez e ela pode ficar de frente para a vida de verdade. 21&30: sua respiração é profunda enquanto dorme. É preciso segurar sua cabeça durante a noite. Pode se afogar na própria saliva.

De janeiro a janeiro.

A bala entrou por aquela janela ali e acertou Kátia jogando videogame aqui, no dia dos seus doze anos. Médico nem padre nem pastor botavam fé de que completaria 22 de idade. A festa foi ontem. Um repórter viria fotografá-la e a arrumei toda, de aniversário.

Não veio, caiu uma ponte, ou foi um presidente, atiraram noutra pessoa, no papa, não sei.

René

Aqui duas coisas são nós: a borracha e muitas mãos decepadas numa cesta. Sonho com minha mão direita, ainda. Ontem sonhei colhendo frutas, mas não eram mangas, nem goiabas, nem limas. Eu colhia mãos, as nossas mãos, dos companheiros, a gente da borracha, deste congo, mãos de chifre e de marfim, para coleção deles lá. Entre aquelas milhares colhia minha mesmíssima mão, e eu dizia Bem, você tem muita sorte, René, e olhava as copas das limeiras e via muitos renés sonhando a colheita não de goiaba nem de manga, mas de mãos e nem sei se tiveram essa sorte; estavam lá, voando sobre as mangueiras limeiras goiabeiras colhendo mãos pros cestos para sabe-se lá, sonhos são traições.

Outro dia sonhei que estávamos cobertos de terra: vinham mãos desencavarem a gente à luz do meio-dia e levarem a gente à floresta pra retirar o sangue das árvores, para os pneus, os cabos, e já nem era sonho quando a minha mão direita falou comigo e disse Sou eu, sua mão direita, venha, ela sequer envelhecera, era a mesma que, jovem, aceitara a mão de Irene em Lualaba (se reconhece a mão, a sua, pela voz, pelo quanto fria ou quente, nós não nos estranhamos); e me puxou pelo coto e me alçou dali mas aquilo já era voo e eu disse Pois é, René, você tem muita sorte, eu ri, Pois bem, me leve, isso foi eu dizendo para a mão e ela me levando, enquanto eu pensava se os outros tinham a mesma sorte de saírem por sua própria mão da escuridão, todo sonho é. Como pode haver tantas mãos direitas livres no Congo e ser justo tu, mão minha, a me socorrer? Sorte? Quis saber minha mão, Vamos, disse ela; e pensa você de ela me levar para a floresta onde brilha o rio de leite, do látex, nem pra nenhum céu, se há? Me levou ou a nós onde pude encontrar Binda, Moustafá, José e Rodrigue então eu falei, Sim-sim, tenho sorte de fato, mãozinha, aqui vejo meus irmãos (havia outros nós, desconhecidos, mas tinham o rosto amigo perdido nas savanas ou se fingindo de morto que nem nós quando eles zás). Por isso eu disse, René, René e bendita mão de René, santíssima mão que não me abandonou afinal: sorte de verdade, de ver além deles Francisca, a velha avó de nós todos, Celene, de quem vira com o olho petrificado na última vez, mas a mão velha da velha perguntou Sorte? Sorte? Vítima e algoz vivem dentro do mesmo pesadelo, por acaso? E a partir daí só as mãos falavam, cochichavam, cantavam, discutiam, mas nisso todas concordamos: dessa vez, caindo sobre eles, sobre a mãozona branca deles com o chicote, a mãozona amarela com a carabina, descendo como o diabo sobre a cabeça deles, nossa mão não iria errar nenhum tiro com esses fuzis.

Pele

Bredow, o tenente-coronel do 16º dos Couraceiros, poderia ter morrido há uma noite, por sua própria pistola. Agora, lá estava, ao Norte de Waterloo, com seu destacamento semimorto. Por três dias e duas noites caminharam cegos de fome, agarrados aos arreios das mulas, porém as mulas com consciência mais clara da morte. Bredow decidira marchar, apesar da carga de silêncio do batalhão, mesmo após o capitão Von Schmetow deixar com ele a medalha com a efígie da Mãe Santíssima, de um lado, e da própria mãe na outra face, um segundo antes de ter dado o sentido que deu à própria morte.

Von Schmetow crescera com ele e poderiam se considerar amigos, se o exército da Prússia não os tivesse posto no mesmo destacamento, e nenhuma amizade sobrevive a um amigo berrando com o outro: "Vamos, seu molenga, avance!" ou "O couro das botas é o melhor jantar quando se crê na vitória." Coisas dessas são estupidezes demais para qualquer amizade.

"Von Schmetow nutrira solidariedade em demasia para com a tropa e sentimentos assim estragam todo soldado e retiram da guerra a honestidade de propósitos", dizia o diário de Bredow, sortido também com poemas líricos e trechos roubados da Ilíada.

Mas os ânimos do tenente-coronel prussiano se reacenderam do sonho daquela madrugada, enquanto dormia abraçado à cabeça fulva do amigo. Então, pela manhã, deixou a tenda e não admitiu perguntas sobre o capitão.

"Deixem-no. Não o incomodem. Não comparecerá hoje à batalha."

No sonho, ainda pela manhã estariam às margens do Vístula, o sol sobre os corpos, as delícias do fim de uma jornada de seis meses da pele escandida pelo frio.

Foi quando viu ao longe os ingleses, o destacamento do general Ponsonby, até o mês passado dado como morto.

Ali, Bredow notou o quanto sonhos são fumaça.

O tenente-coronel avançou músculos, alma e couraça contra o inimigo, mas seus homens ficaram para trás como folhas. O cavalo aguentou a investida nos primeiros duzentos metros, contra as linhas do adversário. Bredow sentia os calafrios de medo do animal retesarem suas coxas, e o cheiro da morte no suor ácido na crina. Antes de alcançar os trezentos metros, o cavalo desabou morto, no tapete de neve. Com a perna presa sob o animal, e bufando de dor, e indefeso, o cavaleiro viu se aproximarem os dois fuzileiros do 3nd Royal North British Dragoons. Eles retiraram sua carteira, seu relógio, a medalhinha com as mães de Von Schmetow, tomaram-lhe as pistolas, apontaram-nas para o sonho dentro da cabeça de Bredow e atiraram.

"Que vergonha, impuros, impuros", ouviu-se rangerem os soldados rastejantes lá atrás.

Toda indignação resultou inútil. Os Dragões Reais estavam bem alimentados e traspassaram as cento e cinquenta visagens. Continuaram em frente, para se banhar às margens do Vístula, o sol sobre os corpos, as delícias do fim de uma jornada de seis meses da pele escandida pelo frio.

A alva

Ainda não haviam decidido se o enterravam na vala comum ou o quê. Havia ânimos de jogar o corpo ao mar, mas o assunto já se alongava demais para o caso daquele tanoeiro. Os padres fechamos o acordo com os militares de novo e o cocheiro deixou o caixão no átrio do Convento das Carmelitas. Sem alardes. Sem comoções. Era o corpo do frei Joaquim do Amor Divino. Naquela noite eu mesmo o coloquei para dentro, para a cinza do tempo. Por isso sei tudo.

Quando o frei Joaquim olhou o porto naquela vez, pensava em geometria, na curvatura do globo, nas ideias de Rousseau, e não na forca, e não na morte. "A forca passa, a geometria fica", refletia. Não parecia se importar com o peso da corrente no pescoço lhe devolvendo ao mundo dos cães. Pensava em si mesmo, recitava o seu nome, o nome dos companheiros da revolução, o nome do tipógrafo, essas coisas a forca não levaria. A alva, os guardas, o patíbulo. Livraram-no das correntes. Foi quando o carrasco veio beijar-lhe a mão.

— Não participarei disso — disse o jovem.

Chamaram outro, depois outro, depois um civil.

— Não.

— Nem eu.

— Nem que me matem.

Um padeiro, um alfaiate, um sapateiro, ninguém. O frei Joaquim do Amor Divino agora pensava em como a liberdade é algo contagioso e por isso se ocupam tanto dela os governos.

O oficial legalista:

— Esperava mais desses homens, sargento.

— Não entendem por qual razão, senhor.

— É inimigo. Não precisam de outra compreensão que não essa. Mas se querem assim, veremos.

Ordenou que amarrassem o prisioneiro.

— Amarrem-no.

As cordas cingiram a cintura e o peito do homem, humilhando-o contra a coluna.

O oficial tomou posição, mediu com seus passos de pigmeu a distância e postou o pelotão diante do preso. Montou outro pelotão dois passos atrás daquele, mirando a cabeça dos soldados da primeira fila.

— Se não atirarem no condenado, não vacilem: atirem neles.

Deu mais dois passos e formou outra fileira.

— Vocês entenderam, não?

Fez isso até não haver quem não tivesse sua arma mirando a cabeça de alguém ou com a arma de alguém mirando a sua.

Só então deu a ordem.

Frei Joaquim abriu os braços. Nem tanto ao Filho do Homem mas ao homem de Leonardo. Um homem de braços abertos mede um homem de altura por um homem de largura. Era a medida geométrica certa que encontrara para abraçar as balas e o mundo.

A beautiful negro lady

O jardineiro Hernandes chegou caminhando à delegacia, as criaturas do subsolo repudiando suas pisadas no chão. Depôs a arma nua na mesa do delegado ao modo amigável dos vencidos. O velho sob o chapéu conhecia Hernandes. Vira brotar todas aquelas almas do povoado, parto a parto. "Achei que conhecia um e todos", pensou, "mas ninguém conhece ninguém." Convencido de que essas diferenças fazem o planeta girar, abriu o ventre da arma e deu por falta de uma das seis pétalas. Quando girou o carrossel, o odor da morte tomou o recinto com sua alfazema.

O cabo, deitado no quarto ao lado sonhando com fugas, tossiu.

"Atirei na menina, capitão", disse o jardineiro, os braços vencidos ao longo do macacão azul, os olhos afogueados, o suor empapado sob o queixo.

Lá fora um rastro de gelo queimava a relva, cruzava a ponte, asfalto, areia, até onde um corpo adormecia vigiado por sombras.

"Por qual motivo, Hernandes? Diga-me para a Terra continuar a girar, aqui."

"Ia completar doze anos. Todos sabem: essa é a idade em flor das africanas. Elas ficam tão lindas que a gente esquece a cor, não é verdade? Seus peitinhos ficam tão duros, os lábios vermelhos, seus olhos faíscam. O patrão mesmo gostava de cochichar inglês e outras línguas, a linguona no ouvidinho, a menina no colo dele o tempo todo; e já nem se envergonhava disso. E eu? Eu não podia? Ora, somos iguais. A escravidão acabou."

O jardineiro continuava: "Ah, não aguentava mais resistir a ela. Durante a noite, a pretinha não me deixava dormir, sonho sobre o outro. Estava cansado de amolecer diante daquela obra-prima da criação."

Não parava: "Além disso, estranho pedido me faziam: 'Mate a negrinha'. O jardim inteiro gritava: rosas, hortênsias, as mulheres com nome de flores: 'Mate a negrinha. Não tem o direito de ser bonita desse jeito.' Então, atirei nela."

Entregava-se.

"Alguém tem de barrar certas belezas. Imagine quando brotasse o amor daquele botão", repetia

Hernandes, dia e noite, encarcerado por sombras no lodo da cela, sonhando com rosas brotadas de cadáveres na primavera, enquanto nasciam cada vez mais flores negras entre os cardos, à beira da estrada.

O bonito e o feio

"Este monstrengo vai acabar com o país."
"Reze pela última vez, diabo."

As frases saíam do fundo do copo do uísque mais escuro que alguém já bebeu ali. Saíam, ou entravam, e se aninhavam ao pensamento do ator. Entre o espelho e o mundo, sua imagem por detrás das garrafas pedia fuga, não do ator, mas do que ele faria dali a pouco. Do mais, ânimos lá fora eram ainda de contentamento.

'Restraint'. Lembrava-se do sermão do pastor como um menu: comedimento, autodomínio, virtude, fervor. Em tempos como aqueles?

Discursos comovem. Mortes, mais não.

"Há alguma moderação na guerra pelo poder, pastor? Salomão mandou matar o irmão. Josué não deixou inimigo vivo."

Lá estão os homens voltando da guerra, mulheres caminhando com orgulho ao lado de heróis famintos, a velha ideia de salvar tudo, mesmo que para isso se destrua tudo, vencia.

O ator levantou a cabeça e podíamos ver o suor sobre o chumbo. Era um jovem alvo com menos de trinta anos e o coração de mármore. A idade não impedia de estarmos tratando com o mais bem pago ator da atualidade e o melhor em representar as peças de Shakespeare. Todas as mulheres, Norte ou Sul, queriam transar com ele. Os maridos não se oporiam, alguns já não se opunham. Na noite anterior havia largado na cama a esposa do juiz para trancar-se sozinho no banheiro. Eram as visões de Atlanta em chamas que não saíam de sua cabeça. Ele caçou nos bolsos bolotas de papel e estirou sobre o ébano do balcão. "Por quantos séculos se verá ser representada esta sublime cena em nações que ainda estão por nascer e em línguas ainda desconhecidas." A frase era dele agora, e ele recitou-a de novo para dentro do copo. A segunda bolota ainda era de Shakespeare: "Romanos, inclinemo-nos e banhemos nossas espadas até o fundo no sangue de César, e salpiquemos com ele as nossas armas." Ele repetiu: "... nossas armas." Quando bebeu o outro gole já era um uísque espesso e vermelho. Não perderia a nitidez de cada detalhe daquela noite, e via como parte da cena o barman se aproximar:

"Você está bem, John?"

"Rapaz, você não pode perder o show esta noite, é o que digo."

"Quem dera, quem dera, John. Há muito trabalho hoje."

"Pois não deveria perder, homem. Juro que não."

Largou o copo, amassou as bolotas e as lançou para dentro da tempestade quando saía pela porta do *saloon*, e as viu ganharem a noite, para virarem duas ratazanas enormes que logo partiram, cada uma para um dos polos do país.

John entrou no teatro.

No meio do segundo ato saiu da fumaça, surgiu no camarote onde o homem e sua Mary se divertiam, e com sua Derringer 50 meteu uma bala na cabeça do feioso, para ver o viço do sangue atingir o céu do teatro.

Depois, tropeçou e fugiu no seu cavalo.

A pobre Mary gritava o quanto podia pelo seu Abraham.

Tudo inútil.

O tiro se pode ouvir daqui ainda hoje.

O rapto de Felícia

Achilles Acis entrou no tribunal arrastando correntes, a cabeça em *looping*: não sou uma máquina não sou uma máquina não sou uma. Hoje, pode correr mais rápido que qualquer um, e saltar distâncias olímpicas e bater recordes. Mas sempre precisava lembrar aos amigos espantados, à Felícia, a modelo, sua namorada, ao pai comerciante e a mãe viciada: não sou.

Achilles passou a juventude agarrado ao joystick da cadeira de rodas, vendo outros rapazes afundarem bolas no cesto, raptarem perséfones no parque, agarrá-las nos braços e girarem com elas, os semideuses.

Quando os deuses enviaram as próteses, Acis estava pronto. A vida de disciplina e treinos o pôs num topo onde outros dariam partes do corpo, matariam ou morreriam para estar: todos queriam ser a máquina de correr a qual se referiam quando pronunciavam o nome de Achilles Acis. Mas nada é fácil. O comitê de desportos da Grécia já escrevera o quanto Achilles era uma aberração. "A mecânica de *sprint* de Acis é anômala. Seus membros mais flexíveis e leves são vantagens desonestas numa competição homem a homem."

Ou:

"Quem tem lâminas em vez de canelas e pés para cortar o ar, não sendo Mercúrio, é uma aberração."

★★★

Certo dia, o Olimpo, que tem fascínio por selvageria, intercedeu de novo. Zeus estava cansado de ver Achilles sob o escárnio e a humilhação, e o transformou no campeão das raias. Por isso, tiveram de baixar a cabeça para os louros de Achilles. Venais, ergueram monumento às suas façanhas e ele se tornou de imediato o herói do continente.

Isso foi até ontem.

Hoje, a acusação terminou a peça com uma pergunta para os noticiários: "O que um monstro como esse traz no peito em lugar do coração?"

Achilles não se preocupava com retóricas. Pensava em Felícia, como podiam ter sido felizes os dias, sem recordes, sem marcas, sem os estampidos das corridas, sem fotos, sem desfiles.

Felícia se transformava durante a noite, longe dos disparos dos flashes. Seu aspecto esfaimado dava a Acis a impressão de um monstro desfilar pelo quarto narrando o quanto ela fora feliz nos braços de outros e infeliz nos seus. Aquele ciúme enlouquecia o atleta noite a noite. Quando iam se deitar, via o rosto da linda Felícia proserpinar-se em sombra. Ele fechava os olhos, mas as vozes insistiam em buscar nele o limite de máquina. Não era uma.

Achilles Acis falou ao júri que às dez da noite foi acordado por um barulho. Felícia não estava lá, mas ele ouviu gritos.

Ao se levantar, viu o intruso carregar Felícia nos ombros.

"Era Marte."

"O senhor está se referindo ao deus Marte?"

"Sim, senhor. E ele me falou: 'Te demos tudo, campeão. Armas para guerrear, e guerreaste; pernas pra vencer, e venceste; dinheiro para gastar, e gastaste; precisamos de algo em troca, agora. Levaremos tua Felícia.'"

"Não, não podem", Achilles disse ter respondido, e então pegou a arma e atirou, ainda do quarto.

"Animal, animal. Você é um animal asqueroso, Achilles", gritou a mulher, ao fundo da sala.
"Continue, senhor", pediu o promotor.
Acis continuou:
"Tomem de volta as merdas de próteses. Minha velocidade de raio. Os recordes. O dinheiro. A fama. Mas deixem a minha Felícia, eu a amo."
"Não entendes? Felícia não existe sem tuas próteses e recordes", Marte respondeu.
"Pois me levem, mas não a deixem sem mim, nem a mim sem Felícia."
Correu perseguindo sombras. Uma porta se fechou com violência e ele lembra de atirar outras vezes.

Depois, foi o silêncio.
O promotor mostrou onde as quatro balas.

Achilles Acis tentava se explicar outra vez, outra vez, devagar. Mas quando viu o torpor no olhar dos jurados vendo as fotos do rosto de Felícia no telão, deformado pelos disparos, desistiu, e contemplou as fotografias.
Um calafrio o fez pensar em muitas máquinas com lâminas: a ceifeira de Leonardo, motosserras, punhais, Achliles Acises, guilhotinas.

O bailarino

Já vi máquinas vencerem campeões em xadrez, já presenciei autômatos de circo humilharem cientistas e matemáticos com fama em toda a Europa, isso não chega a ser novidade para quem cruza o mundo em tournées, como a nossa sagrada companhia de balé. E, no caso de Vaslav, era a máquina, juro, a máquina, infalível, no mais alto de sua linguagem. Debussy, por exemplo, era também parte da máquina.

Por isso, à noite, fui ao camarote e atirei em Vaslav Nijinsky: para livrar a mim e a ele do Mal. Vi as carretilhas do engenhozinho chiarem no seu peito. Sentei ao seu lado e esperei a máquina se calar.

"Está morta."

E saí.

Estava pronto a me entregar quando o navio atracasse em Buenos Aires. Mas encontrei Nijinsky pela manhã, dançando na neblina, uma sombra abissal gravitando no convés. Tranquei-me no meu camarote por dias seguidos. Demiti-me da companhia e voltei à Rússia. Alguns meses depois, o meu amigo Nijinsky precisou ser contido pelos colegas. Armado de facas, queria decepar os próprios braços e pernas.

"Estou preso a um corpo que não é o meu", gritava a engenhoca de navalhas, em guerra consigo mesma, e não suportava mais; chorava, chorava, e em uma das vezes praguejava contra mim, contaram-me.

Foi deixado na Suíça, numa camisa-de-força. O fauno nunca mais bailou.

Hoje sei: quando acertei o coração da máquina, matei Nijinsky. Mas o maldito mecanismo defeituoso seguiu vivendo. Trinta e sete anos depois, leio nos jornais que a máquina se calou em Londres, vítima de insuficiência renal. "Para sempre", diz a notícia.

Não há como não rir de certos necrológios.

A mãe de seu menino

Eu não poderia ter largado tua mão, não naquela hora. Por isso não me perdoo, embora saiba teu gentil coração ser capaz de. Não importa quanto tempo tenha se passado desde aquele dia no parque de Surt, dos teus dez anos. Ando repetindo isso por aí como louca, mas ninguém me tira da cabeça que uma mãe não sinta e saiba quando começa a perder um filho. Quando minha mão procurou a tua no vazio e te cacei nas barras da saia e senti pela primeira vez tua ausência, uma sombra caminhou sobre meu coração e se apoderou da minha alma para sempre.

Depois daquele dia, eu disse para a parte mais escura: "Aisha, te prepara para a hora terrível."

Podes ter morrido agora, Muamar, meu garoto, já são muitos anos depois do sumiço do parque, muitos anos deixaram teu rosto cinzento para olhar com amor a velha mãe, ou mandar notícias, ou defendê-la quando os próprios ossos me traem, muitos anos te tornaram outro menino, mas quando a notícia chegou aqui, dois tiros no peito, Muamar, vi o sol frio, de sangue, se pôr no deserto — e a outra imagem no arrebol era o parque, tua pequenina mão no ar.

Assim, nunca me perdoe, filho, não torne isto mais injusto e insuportável do que já.

Morrer, como saber? Mas viver dói.

Lourival Holanda

Bem se poderia definir Sidney Rocha por sua lixeira; ou por sua frequência de toque da tecla delete: *tão burilados estão os textos, nesses contos, que o leitor tem, juntos, a satisfação e a surpresa de uma narrativa curta, densa – como um tiro surdo. Um autor aqui construiu seu estilo resistindo às facilidades; é como se víssemos sua lixeira ou digitação do* delete *como as mil lascas que o mármore perdeu e se espalharam pelo solo, quando, finda, a obra brilha. E agora necessária, simples, evidente: está aí.* Um escritor se define por suas recusas, pelo que vence em suas resistências à acomodação a uma narrativa consensual. Um risco, certo. Sidney escreve também sem a redinha de proteção. Mas, não haveria raridade sem essa ousadia. Hoje já não cabe mais etiquetar a produção literária contemporânea; basta reconhecer, na profusão, a raridade de um texto forte. A novidade.

Não parece ser a morte a matéria única dos contos. Há também o sonho que comparece como concretude de nossos gestos. E a matéria dos contos frequenta temporalidades diversas. E assim parece apontar para esses dois elementos universalizantes da cultura: a morte e o sonho.

Guerra de ninguém é, num primeiro relance, uma seleção de momentos de morte. No entanto, ela é apenas aquilo que põe em relevo as vidas a que a morte, num repente, faz insignificantes, anônimas. Guerra de ninguém. Os diversos modos de morte apontam para um sujeito anônimo, aqui, ali e além, nos quatro quadrantes do mundo. A morte apenas culmina as tantas mortes que as perdas, miúdas, cotidianas, prefiguram. No entanto, a narrativa não demora no anedótico. Há uma grande economia narrativa que marca um avanço no registro literário contemporâneo. Sidney soube resistir ao comum do modo literário mais corrente: não há aqui imprecisão, indecisão, vagueza; os fatos pesam; e quase com a rudeza kafkiana que desnorteia o leitor.

Aqui, nenhum efeito gratuito – prova da prosa proposital de Sidney Rocha; uma operação de desbaste deixou a narrativa densa e depurada; como as pedras preciosas – que não porejam. Basta ver o andamento seguro de "A alva", para que o leitor se dê conta da maturidade narrativa de Sidney Rocha. A riqueza semântica ali aberta diz do cuidado do escritor: *a* alva *é veste talar sacra, é veste do condenado, e é também a alba, momento inaugural da liberdade em Pernambuco. O narrador alarga a história – essa, a sua função – e, no passe final, projeta nos braços abertos do frade valoroso a dimensão do homem:* Era a medida geométrica certa que encontrara para abraçar as balas e o mundo. *O conto reverte a linha da seleção? Bala e sonho: este perdura; chega além; quando oficial, sargentos e soldados, diante da história, são* ninguéns.

Não choca que a morte chegue como o quinhão que cabe a cada qual; dói mais é perceber que a vida se arrasta no deserto diário das violências que nos enceguecem por sua evidência. Quer seja nos descaminhos do sertão, por descaso do poder público; quer seja nas periferias das metrópoles, por desgovernanças.

Desde algum tempo Sidney vinha anunciando novidade; demarcando com o signo distintivo de seu estilo o diferencial dos de sua geração. É depois do efeito de sua frase, cadenciada pela poesia, que o leitor indaga de onde vem a novidade. Em Matriuska, *a seleção de contos de 2009, publicada já pela Iluminuras, Sidney Rocha fazia prever seu labor literário. E o excelente* O destino das metáforas *– que o prêmio Jabuti sagrou em 2011.*

A força do estilo é a do sangue fresco. Em "Os Nehemy" as coisas estão ainda suspensas, como o ódio latente entre filho e pai: Ele e o pai estavam constantemente se ferindo com olhares quando a dureza dos seus dois mundos estragavam os almoços de domingo. *Em alguns momentos a sintaxe se ressente do abalo da circunstância: de guerra; e então a gramática recorre à síncope, à suspensão do sentido; as conexões, perdidas como, em tempo de guerra, as pontes explodidas.* Depois, foi o silêncio. O promotor mostrou onde as quatro balas. *Ou quando em "A mãe de seu menino" a dor desborda a linguagem:* Assim, nunca me perdoe, filho, não torne isto mais injusto e insuportável do que já. *A narrativa credita ao poético a possibilidade de tocar com cautela no* non sense *da morte – advinda, não do acabamento de vida que faz a velhice, mas da estupidez humana. Assim, a amizade entre Von Schetow e Bredow se vê inviabilizada pela estupidez da circunstância:* ...tomaram-lhe as pistolas, apontaram-nas para o sonho dentro da cabeça de Bredow e atiraram. *["Pele"]. Dentro da crueza do sistema* sonhos são traições. *Em "Beautiful negro lady" o desejo toma a concretude de um sonho insustentável. Certos sonhos são mortais.* Todo sonho é, *diz o narrador, em dado momento. A violência interna de quando somos privados; a violência exterior de quando já não dirigimos seu curso. Em "René", a mão sonha violência redentora – com a saída pelo poético.*

Como se só a realidade – ou a realidade só – fosse irredenta. A bala é só uma modulação no ritmo ensurdecedor de nossa modernidade. Esta, a contundência dos contos breves de Sidney Rocha.

A brevidade dá aos contos uma mobilidade narrativa surpreendente. O ritmo das frases parece hesitar e persistir, como movimento de mar. Uma bala, uma onda; e o texto: como uma música a convocar a vida; a vida, apesar de; a vida, na contramão.

Em meio a tantas publicações – e em tantos suportes, a que vem a prosa de Sidney Rocha? Se acompanharmos Ossip Madelstam, agora é o autor que atira no escuro; para atingir um provável leitor com o oposto de um sedativo: o ritmo do texto como uma música a convocar a vida. Morrer, como saber? Mas, viver dói. Assim, Sidney Rocha, com Guerra de ninguém *marca um bom momento da literatura brasileira.*

Sobre o autor

Sidney Rocha, 51, [sidneyrocha1@gmail.com], escreveu *Matriuska* (contos, 2009), *O destino das metáforas* (contos, 2011, Prêmio Jabuti), *Sofia* (romance, 2014) e *Fernanflor* (romance, 2015), todos publicados pela Iluminuras.

Este livro foi composto
com as fontes Minion Web e League Gothic,
impresso em papel *off white,* Pólen Bold 90 g/m²,
para a Iluminuras, em novembro de 2016.